청공 김종석 문학전집 1

우리 그리 사는가 쾌지나칭칭나네

국립중앙도서관 출판예정도서목록(CIP)

우리 그리 사는가 쾌지나칭칭나네 / 지은이 : 김종석. -- 서울 : 한누리미디어, 2017
p. ; cm. -- (청공 김종석 문학전집 ; 1)

ISBN 978-89-7969-750-6 04810 : ₩16000
ISBN 978-89-7969-749-0 (세트) 04810

한국 현대시 [韓國現代詩]

811.7-KDC6
895.715-DDC23 CIP2017018683

청공김종석문학전집

우리 그리 사는가
쾌지나칭칭나네

청공 김종석 문학전집 1

한누리미디어

차례

제 1 부 우리 그리 사는가

차례

제 2 부
참참 쾌지나칭칭나네

제3부 따러 가자 따러가

차례

제4부 쿵쿵쿵 걸어나가자

제 1 부

우리 그리 사는가

쑥뜸

갓난이 주먹만한 쑥 뭉쳐 뜸
중단전이 1300°
화탕지옥 속에서
극락삼매
뜨거울수록 시원한 혈풍 한 시간—
불이 왜 이리 시원한지~
쑥뜨기 직접 해봐야만 안다
달보드레한 혈풍의 이 맛
우리 그리 사는가

흑마늘

태양 속에서 나온 삼족오가 먹는 밥
오늘 우리가 먹으니 살아나는 고구려
묘하여라
아무리 식탐 강한 용이라 하여도
먹을 입이 없으니
묘력을 끝까지 떨치치 못하는구나
한민족 참빛이 눈부시게 도와주고
도와준 것조차 모르는
흑마늘
삼족오
한반도 한민족
남북한 새고구려로
우리는 하나 새고구려로
우리 그리 사는가

틈

빨아마시고 정지──
내뿜고 정지──
정수리에 머물고 있는 소리가 보인다
호흡 정지 길수록 제대로 보인다
생각없이 보인다
호흡이란 잦은 생각의 드나듦
호흡이 죽어야 그 틈새로 생각 죽고
영생
옳거니 그르거니 시비가 닿지 않는 삶삶 삶 삶
틈 무한이면
삿된 틈은 아예 없다
우리 그리 사는가

순백광 삼매

세포 핵들 절정 속
몸 안녕~
무지개 광휘~
보라 은금빛 와르르 다 무너져
순백광 천지—
빛 없는 이 빛잔치 보는 자 누구인가?
이것
천지창조 이전의 이것!
경험 없는 경험
주시의 신비여,
우리 그리 사는가

순수 만트라

아가야 옹알옹알 옹헤히이옹알옹옹 옹알이
우리 그리 사는가

순수 만다라

아가야 기저귀 오줌 얼룩
우리 그리 사는가

순수 물감

엄마 모유수유로 아가야가 갈긴 황금빛 똥
우리 그리 사는가

순수 물감 만다라

아가야 기저귀 황금빛 똥 얼룩
우리 그리 사는가

에너지 보존 법칙

아가야가 엄지를 손바닥 안으로 말아쥐는
신비하고 신비한 아가야 놀이
우리 그리 사는가

에너지 활성 법칙

아가야가 손 쥐락펴락 꼬막꼬막
같은 손인데
쥐면 바위요
펴면 보자기
두 손가락만 내밀면 가위
3:2 황금비율
변화무쌍 균형조화 한 생명 묘력놀이
어른들의 생명기력 아가야 놀이
우리 그리 사는가

에너지 궁극 법칙

아가야 앞에서
얼굴 가렸다 까꿍 보여줘
없되 없음 아니고
있되 있음 아니고
있음과 없음 다 뛰어넘는 놀이
중도실상놀이
우리 그리 사는가

에너지 길 법칙

아가야가 목고개 좌우좌우 도리도리 돌리다가
우뚝 중앙
다시 좌우좌우 돌려보다가
우뚝 중심
중심 잡고 살아야지
이러히 살아야지
우리 아가 길놀이
우리 그리 사는가

에너지 소리 법칙

아가야가 아 아 아 아 함—아함놀이
첫 발성 아 소리도 이건 버금소리
궁극 침묵이 합쳐야 비로소 으뜸소리
바로바로 진음놀이 아가야 놀이
우리 그리 사는가

에너지 울림 법칙

아가야가 왼손 바닥을 오른손 검지로
꾹 꾹 눌러 두드리는 진진진
음양조화놀이 아가야 놀이
우리 그리 사는가

에너지 자발충족 법칙

아가야가 검지손가락으로
볼 누르기 곤지곤지
영원히 목마르지 않는 우물파기
우리들의 아가야들 신기한 놀이
우리 그리 사는가

에너지 내맡김 법칙

아가야가
맨 먼저 엄마 뱃속과 이별해
바다에 빠지면
양수로 삼아 완전 내맡김
떠 누워 어화둥둥
거대한 물침대 놀이
우리들의 아가야들 내맡김 놀이
우리 그리 사는가

에너지 한글 법칙

• 하늘
ㅡ 땅
ㅣ 사람
지구촌 전체 아가야가 태어날 때
한글 창제 선포
아아앙 앙앙 드러내어 부풀린다
• • 앙 앙앙 의리왕
세종대왕보다 훨씬 앞서서
우리들의 아가야들이
맨첨 한글창제 선포자였노라
우리 그리 사는가

에너지 태극선 법칙

아가야가
누운 채 곡선의 손발춤
앞뒤좌우 곡선의 몸흘림춤
으뜸 삶 잊고 잠간 버금 삶 살더라도
궁극 본향에서 멀리 떨어지지 않게
질라라비활활의 질라라비활활의
사랑의 태극선춤
직선은 ○에서 첫 발 출 때 한 번
몸 벗고 ○에 들 때 또 한 번
딱 두 번 빼놓고 모든 일생이
질라라비활활의 태극선 자비춤으로
○을 떠나지 않고 생기 얻는
우리들의 삶 태극선춤놀이
아가야들 춤놀이
우리 그리 사는가

사랑의 바람개비

바람 한 점 없는 날
돌지 않는다고 우는 아이야
잡고 달려라
달릴수록 신나게 신나게 돌아간단다
그렇지?
할아버진 누구세요?
달려온 바람개비란다
그럼 할아버질 잡고 달리면
할아버진 돌아가세요?
지금 봐 즐겁게 돌아가는데 안 보이니?
어디?
안 보이면 내 가슴에 니 입바람 불어줄래?
후우우――!
아직도 안 보여?
할아버지께 꺼내어 제 손에 쥐어주세요 네?
꺼내어 주지않는다고 앙앙 울던 아이야
보고픈 이름 모를 아이야
줄 것이 있으니 자라면서 내게로 한 번 달려와 주렴
니 가슴 속에다 나도 입바람 불어줄게
사랑의 바람개비 도는 거 너도 보일 거야

보고도 꺼내줄 수 없는 거 알게 될 거야 응,—
서로서로 도와주며
우리 그리 사는가

가장 큰 죽비

남북 갈라져 마주 보는 나라
세계에서 가장 큰 죽비
한반도 한민족 남북한 한겨레

이걸 들고
탁 두드려 놓고선
힘겨워 그만 놓으셨나요?
통일대박을!

우주하늘 힘 받고
평화통일 새고구려로 살아야지요
다시 들고 탁 한 걸음 더 나아가세요

우주에서 가장 큰 죽비
한반도 한민족 남북한 한겨레가
죽비소릴 기다리고 있잖아요

어머니 육영수님이 합장예불 하시며
지지극극정정성성 빌고 비시잖아요
아름답고 순수한 시절의 국민 따님이시여

어머니 육영수님처럼
우리 그리 사나요

새

줄 없이 하늘에 뜬 연 누가 날리나?
날리는 분 늘 느끼며
우리 그리 사는가

구름과 소낙비

농민 노동자
호수 강
바다
햇빛하고 한판 씨름하면서
튀솟은 땀방울
모여, 모여들더니
목말라 절하는 사람들 보자마자
가라앉으며 아낌없이 쏟아줄
비올 확률 백 퍼센트
'가을비 우산 속에~' 두 사람
사랑 많이 잡수세요 내린다 쏟아진다
넘치는 무한자비의 생명수
'가을비 우산 속에~'
서로서로 받아준 것만으로도 고마워
'눈물 맺힌다~'
저절로 '가을비 우산' 밖에서
두 사람 흐느끼며 흐느끼며
거리에서 서로 큰절 올리는
우리 부처님들
아름다워요~ ~ ~
우리 그리 사는가

석탄

덜 된 다이아몬드
우리 그리 사는가

다이아몬드

잘 된 석탄
우리 그리 사는가

무

있되 있지 아니한 거
없되 없지 아니한 거 이거 모른 채
자본가는 산삼뿌리 먹고
노동자는 무뿌리 먹는다 서러워 마라
산삼뿌릴 아무리 먹어도
있음과 없음 뛰어넘는 중도실상 무 먹어야 살지
보이지 않는 그 무 먹지 못하면
살아도 산 것이 아니다
아니고 말고
우리 그리 사는가

덜깨

아직도 일본이 덜깨
지금껏 친일파가 덜깨
밤이다

나라지킴이들 깨
너나없이 모두 깨
새벽

밤사람 깨우칠
새벽사람들로
우리 그리 사는가

쑥

쑥대밭에서
쑥돌로 쑥 찧어먹고 쑥쑥 자라더니
어느새 쑥대머리 총각
쑥쑥한 처녀 만나 쑥밥 쑥쑥 나눠 먹고
쑥차도 주고 받고 쑥덕쑥덕
통해 버려 쑥덕쑥덕으로 혼인잔치
쑥뿌리로 담근 쑥술 모두모두 한 잔씩
안주론 쑥나물에다
속풀이론 마늘 넣은 쑥국 마시고 또 마셔
속 시원한 쑥트림 얼씨구~
첫날밤 쑥쓰러워 말고
쑥쑥
뻗고 뻗는 음성 장수고추로 쑥 넣어
쑥꽃 피우고 피워서
쑥나라 쑥열매 아들 딸들이
나라 기강 엉망일 때 쑥뜸,
쑥뜸 떠줘
아픈 나라 부디 부디 살려내게 하소서
얼씨구나 쑥이 쑥쑥 뻗쳐
쑥빵 쑥케익으로까지 생일잔치 살리는구나

쑥쑥 태어났으니 자꾸 쑥쑥 커 정치판 쑥대밭 될 땐
쑥뜸 뜨끔 뜨끔 떠줘
쑥쑥 살려내거라
쑥쑥 쑥쑥 쑥쑥 쑥쑥 살리고 살리거라 잘한다아~
우리 그리 사는가

잊었는가 참깨의 성씨를

이름만 불러도 반응하지만
바윗문 열 땐
열려라, 성씨 붙여 외쳐야만 열린다
바윗문으로 닫혀 있는 이 세상에서
잊었는가 참깨의 성씨를
잊지 말자 참깨 성씨, 열려라 열려라 외치며
우리 그리 사는가

꿈깨

부자 달성과
신분 상승을 위해
비열한 노예 삶
천박한 자본주의에서 소리없는 비명
그 악몽 탈출 비법은
꿈깨
우리 그리 사는가

들깨

툭툭 털면 껍질보다
알들이 후두둑 쏟아지지만
사람 툭툭 털어보아요
알 한 알 나오잖고
콜록콜록 먼지기침 쏟아지잖아요
익어 터져 떨어지는
알키 세상 알키 세상
우리 그리 사나요
들판에서 들깨가 물어보네요
우리 그리 사나요

흑깨

검은 땅
검은 산 검은 강 검은 바다 검은 하늘
이 블랙홀 어떻게 빠져 나왔나요
묘하여라
삼족오 날아와 보이잖게 쪼아 깨
쪼아 깨 쪼아 깰수록 깨 깨 깨
우주은하 지구 전체가 훤히 다 보여
순백광 삶
우리 그리 사는가

도리깨

도리 아는 그 순간 깨어
행동파 삶삶
껍데길 못 벗고 깨쳐나지 못할 땐
온몸 스스로 내던져 맞아라
맞을수록 콩콩 튀어나와 알몸끼리 모여
알콩달콩살콩씨콩 올게심니* 으뜸콩
씨알 사람 알키 온정
우리 그리 사는가

*올게심니 : 종자씨앗

깨소금

깨달아 달고
깨쳐서 짭쪼로옴달사그레 꼬소한 소금
"소금이 제 맛을 잃으면
어디에 쓸 건가"
경전 인용 삶살이는
소금장사 삶
소금 자체는 아니니
깨달아 단삶 어서
깨쳐서 소금 자체 삶 깨소금
우리 그리 사는가

깨춤

깨달아 깨친 징표로
온몸 가만히 있되
영성 흥겨워서 너울너울 춤사위
우리 그리 사는가

깨기름

'기름 부은 자' 성씨는 깨씨
깨씨 짜면 그 기름
성스러움 자체
베풂 없는 베풂
성씨 없는 성씨
우리 그리 사는가

깻묵

깨껍질끼리도 뭉치면 묵사발
사람끼리 뭉치면 협동나라 새사발
압박 속엔 깨알이
기름으로 빠져나가도
압박 속엔 알키 사람들은
새생명 새기름 충만하게 우러넘쳐
협동나라 생명기름 담아서 나누는
너도 새사발 나도 새사발 모두모두 새사발
우리 그리 사는가
깻묵을 스승 삼아 우리 그리 사는가

깨굿

일찍이
우리 민속 굿에 이런 굿 있었던가
있었구 말구
제석이 깨쳐
윤회바퀴 해탈할 때
바로 제석굿 깨굿
우리 그리 사는가 우리 그리 사는가

깨밭

밭 중 밭
더 비할 바 없이 거룩한 밭
사람,
사람이 사랑씨
사람이 자비씨
사람이 사람이 부처하늘 씨밭터
우리 그리 사는가

깨글씨

사람 몸이 미생물 놀이터
두 눈으론 못 보듯
불경 성경 경전들 속엔
극미하고 극미한 깨글씨
여백으로만 보이다가
깨달아
깨칠 땐
화안히 다 보여
법보시
생활법석 일상법석 보시보시 삶 삶보시
우리 그리 사는가

깨사랑

사랑한다 말한 순간
사랑이 꺼지는
이것
입 닫고
침묵으로 살았더니
목석
이것 참
이것
말도 아니고
말 아닌 것도 아닌
이것일 때
사랑자비 덩어리
온몸이 한결 따습더라
온 목숨이 계속 따습더라
우리 그리 사는가

깨볶이

인류 모든 성씨가 깨씨라면
성씨에 값해야 하는 시기가 와
화탕지옥 불판에서 볶여야 한다
견디기 어려워 콩처럼 콩콩 튀어나가면 비열성
깨씨답게 정면돌파
깨 깨 깨 튀기는 튀되
깨씨답게 불판 속으로 다시 떨어져
잘 볶여 먹혀줘
깨달음
깨침을 제공해 주는 깨볶이 사람
우리 그리 사는가

죽순

나무도 아니라서 나이테가 없고
풀도 아니라서 속이 없나니
나무 풀 뛰어넘은
터엉
빈 맘
우리 그리 사는가

솔순

앉아도 아픔 이기는 이의 방석
그 방석 주인 허공이
삼매에 빠졌는가 하였는데
학 한 마리 외다리로 졸고 있어요
우리 그리 사는가

자연의 모든 새순

죽었다 거듭나는 실습
우리 그리 사는가

봉선화와 괭이밥

손가락 물들이려다
백반이 없어 망설이는데
저만치서 아옹다옹포옹 사랑표 세 잎
야옹이 야옹야옹 따다 먹기에
사랑잎 사랑사랑 나도 따라 따
봉선화 꽃잎과 찧고 또 찧어
손톱손톱에 고이고이 싸매어
일곱 시간 지나 풀어봤더니
아이 이뻐라,
매니큐어는 눈 시리던데
보면 볼수록 눈이 즐거운
괭이밥 봉선화의 조화
홍홍 분홍 분홍 분홍 손톱손톱손톱들
달아오른 분홍사랑
서로서로 손 잡으며 동네방네 홍홍
서로서로 껴 안으며 우리동네 홍홍
서로서로 가슴 부벼 사랑사람 홍홍
우리 그리 사는가
엄마 속 자궁 속 분홍빛 홍홍
우리 그리 사는가

떠돌이꽃과 부초

집 벗은 나그네가 길에서 산다
집 안에서 산다는 그 집이 집인가
집 나오면 개고생이라 하여
집 지고 다니는 집달팽이들
그 집이 궁극 집 아님을 깨칠 때
금 다이아몬드 궁궐집도 안녕~
집 없는 집 자체로
터엉 허공으로 산다
걸림없이 텅텅 주인으로 산다
허공집도 집이어서 허공조차 내던지고
떠돌이꽃
떠돌이꽃답게
허공 밖에서 피어
아직 너를 본 사람 아무도 없다는데
부초는 알더라
자신이 죽어서 영생을 누린다고
우리 그리 사는가

붓꽃과 화선지

노랑붓꽃은 그림 그리고
파랑붓꽃은 시 지어
사람들 모신 시화전에서
시 그림 읽고 봐 감동 너무 커
할 말 다 잊은 손님 있는가 하면
무덤덤한 이들도 많고 많더니
갑자기 획획 바람 불어와
한 획 한 획 시그림 새롭게 펼쳐 어디선가
벌나비 새떼들 금세 나타나
순수 입체파 그림은 이런 것이야 전시해
딱 벌어진 손님들 입 안으로
붓꽃향 들어가 똥구멍으로 나오는데도
향긋하다 향긋해 이런 시화전 참
오랜만이다
오랜만에 아이처럼
우리 그리 사는가

베롱나무와 메롱메롱

절에서 한글날 아이들이
ㅁ이 뿔나 ㅂ이라고 그
뿔 지워 술래잡기

찾다가 못찾아 베롱베롱
잡을 듯 못잡아 뻬롱뻬롱
나 여깄다 메롱메롱
나 잡아봐라 메롱메롱

찾아봐도 잘 찾아지지 않고
잡으려 해도 잘 잡히지 않는
나 찾아라 나 잡아라 메롱메롱
못찾겠다 꾀꼬리
못잡겠다 메롱이
우리 그리 사는가
나 누구?
우리 그리 사는가

찔레꽃과 장미

찔레꽃 뿌리 아니면 장미 없어라
부처 뿌리에 접붙어 사는 사람처럼

그러니
장미를 장미로 본 것은 장미를 본 것 아니고
장미를 장미로 보지 않는 것 또한 장미를 본 것 아니니
어디에서 찔레니 장미니 부처니
입 뗄 것인가
그냥 그저 빙그레
우리 그리 사는가

우체통과 까치

디지털 시대에 밀려 정수리 꺼진 채
고물상에 온 너의 상처에
까치 한 마리 앉아 울고 있다

인간사 희로애락악탐치 다 끊고
옛소식 옛거울 옛부처로
고물상에 온 너의 상처에
까치 한 마리 앉아 똥을 누고 있다

텅 빈 통
고 독 통
묘 통

우는지 웃는지 모를
두드려 본들 터엉—
고물상에 온 너의 상처에
까치 한 마리 앉아 오줌을 뿜고 있다

하늘 높고 맑은 이 가을에
까치 한 마리 할 일 다한 듯 사라지고

봄날

우체통 정수리에서
아느티나무 새싹 한 그루
새생명 품은 엄마처럼
온몸으로 생기 퍼지는

고물상 빨가앙 우체통
무소식이 희소식 보여주고 있다
우리 그리 사는가

해골 MB 박바가지

해골바가지 물 마시곤
한 마음 두 가지 문 깨친 원효

MB바가지 물 마시곤
화학적 변질이 대세인 4대강 세상

박바가지 물 마시곤
통일대박 화평눌 넘쳐야 살지요

우리 그리 사는가

비옷과 잠옷

비 오면 잠옷 입고 거리 걷는 암컷
잠 오면 비옷 입고 물 속 드는 수컷
청개구리 부부가
비도 안 오고 잠도 안 와서
그만 헤어졌답니다
우리 그리 사는가

자본과 임금노동

수억 다발 신사임당이
신사임당 막 빨아들이는 속도와
피땀눈물 임금노동자가
신사임당 벌어들이는 속도는
마하 비행기와 늘보의 차이
마하 비행긴 워낙 빨라
미사일로도 못잡는데
늘보는 솔개한테도 채여 죽는다
우리 그리 사는가

미국은 마하 비행기 0.01%가
99.99% 늘보 만들어
솔개 먹이로 방치 시킨다는데
한국은 마하 비행기 1%가
99% 늘보 만들어 미국 따르기
까불면 평생 비정규직 아니면 실직자
임금노동 인간소외 욕망의 꿈 노예로만 기득권 강화해
노동소외 잉여인간
우리 그리 사는가

구슬과 바늘

구슬이 서 말 닷 되 되는 사람도 비판적
바늘은 한 말이나 그래도
비단실 있어야 보배로 꿰어 살지
비단실 없어 왕따
박사증 여럿 있어도
비단실 없으면 평생강사
신사임당이여 그대 아들보다 더 훌륭해도
다발 다발 돈다발 그대 없이는
하위직 아니면 왕따
한 오라기 비단실이 없어
버티는 구슬과 바늘뿐인 지성인들
하루에도 살자 아니 자살 아니 살자 아니 자살
우리 그리 사는가

먹통과 빈통

빈통은 먹물 다 삭여 버렸을 때이고
먹통은 빈통에 먹물 다 채웠을 때이니
비울 때 비우지 못하고
채울 때 채우지 못하면
먹통은 먹통 빈통은 빈통
텅 빈 먹통이라야 자유자재 삶 삶삶삶
우리 그리 사는가

모자와 구두

발이 모자 신으면 무엇?
머리가 구두 쓰면 무엇?
이뭐꼬?
이뭐?
이?
?
.
우리 그리 사는가

삶과 죽음

삶은 죽음 덜 익은 상태
죽음은 삶 잘 익은 상태
삶 죽음 늘 한 몸이라 하여도
속지 마라
본래 생사란 없는 것
영원히 썩지 않고 변함없는 것
생사 이전의 이것
우리 그리 사는가

주정뱅이와 부처

부처는 자비의 술로 늘 취해 살고
주정뱅이는 금복주 부처로 늘 취해 산다
일상의 고단한 삶 가난해 비참한 을신세들
청빈으로 하늘나라가 너의 것이라 말해 주다가
주정뱅이 금복주 부처가 탈출 웃음 염송할 때
부처가 춤으로 감응하지 못한다면 이는
목불 철불 석불의 통합불
성냥불보다 못한 얼음 같은 통합불 녹여내면서
스스로 한꺼번에 녹여내면서
'고통 앞에 중립은 있을 수 없다'
뜨끈뜨끈 화알활 타오르는 가슴불로
우리 그리 사는가

우산과 낙하산

이 우중충한 세상에
늘 뜬 해
교주 자본가 얼굴
기분 나빠 양산 펼쳤더니
어엇, 뜨네 비행기로
공짜는 겁나 겁나
뛰어내렸더니
낙하산
내가 진짜 특공대
청와대 굴뚝 속으로 들어가 때 아닌
산타클로스
기다렸다는 듯
초감청 능력으로 날 잡지만
나비인 나를 잡지 못했고
알아보지도 못하네
보지도 자지도 못하면서
자지도 보지도 못하면서
권력욕 끓어넘쳐 뽀골뽀골
귀 때리네
자지도 보지도

보지도 자지도 못하게
조작 눈가리개 만들어 눈 덮는데
덮어 쓴 채 머엉—
우리 그리 사는가

붉은 열매 파랑 열매

내가 초등학교 여름 학생일 때
미술시간 선생님이
수박 먹는 그림 보시고
왜, 쪼개어 파랑색을 뒤집는 거야 응?
빨강이 그리 좋아?

그해 초등학교 가을 학생일 때
홍시 주러러렁 그림 보시고
왜, 여름날 파랑감 파랑잎 안 그리다가
빨갱이 천지로 만들어 응?

그해 겨울 학생일 때
몸 녹여주는 집 그림 그려오라기에
여러 군데 햇살 들고 비 새는
산봉우리 같은 우리 집 지붕 위에
달아오른 해 그림 보시고
왜, 가족끼리 밥 먹는 건 없이
빨갱이 두목만 그렸니 응?
넌 벌써 문제아로군……!

나는 화가 나서 물었어요
진돗개처럼 물었어요
물어뜯었어요
선생님, 우리나라 태극기에 빨강은 뭐예요
파랑과 서로 껴안고 사랑하잖아요
내 나라 태극기엔 서로 그리 살잖아요
우리도 앞으론 앞으론 그리 살아야 하잖아요
녜?
녜?
녜에—?

그 때 그 뜨거운 눈물 그 서러운 눈물
아직껏 살아서 흐르고 흐르는데
이 눈물 닦아줄 이 누구신가요 닦아줄 이 닦아줄 이

아아 우리 그리 사는가

거머리와 빨대

피고름 엉겨진 사람 살에 붙어
빨아먹어
새살 돋게도 한다
사랑하는 자연 거머리여
인간 거머리는 그렇지 않아서
저항하면
가족들 삶살이까지 곪게
해고 아니면
영원한 비정규직 아니면
공장폐업에 손해배상 청구
노동자 재산 가압류
빨대 꽂아 당근쥬스 빨아마시듯
가만히 있으라 길들이기 즐기는
빨대주둥이피노키오코쟁이
빨주피코
빨주피코
빨주피코
이 세상 떠나보내자
우리 그리 사는가

억새

연한 적갈색 꽃대가
어느새 백발로 할미꽃 짝꿍
할배꽃이라 불러보건만
남북 이산가족만으로도 가슴 시린데
남남 그리움이라니
억새가 억세게 우는구나
가을비 내리고
한반도 한가슴 그렁그렁
살아 서로 안아보자
우리 그리 사는가

개와 고양이와 사람

낯선 사람 오면 짖고
주인 가면 시무룩
분리 불안
주인 보면 꼬리 촐랑촐랑 이 맛
자본가의 목표

낯선 사람 오면 노려봄
주인 와도 침묵
종속 불안
꼬리 침 세워 야아옹 이 멋
노동자의 목표

불안의 이 뿌리는 무엇?
사랑과 죽음
이거 모르면 개 고양이의 반려자가
될 수 없을 뿐만 아니라
사람 사이의 사람 역할도 할 수 없어라
사랑으로 하나 된 순간 종속시키려 들고
종속되어 노예 된 순간 사랑은 죽고 없어
어디에서 개 아닌 사람 만나고

언제쯤 고양이 아닌 사람 껴안아 보랴
사랑과 죽음의 주권은 하늘부처 것이므로
사람이 하늘부처일 때
개 고양이 사람 모든 만물만생 다 껴안는
순간을 산다
순간이 영원으로 가는 유일한 길
사람답게 사는 세상
이 길 뿐이다
우리 그리 사는가

갈대

'바람에 날리는 여자의 마음'
노래꾼 자유지만
스스로 여성을 잘못 본 당달봉사 당달봉사
그게 자랑거리인 듯 노래하는 거잖아요
중심인 갈대의 뿌리는
홍수가 몰아쳐도 뽑히지 않는
굳세고 억척스런 생명사랑이예요
깨쳐 알고 다시 보세요
대와 이파리 꽃이
훈풍 미풍 강풍 돌풍 태풍 광풍이건
가리잖고 다 품되 물들잖는
꺾이지 않는
쓰러질 듯 일어서는
묘한 힘꾼으로 강물까지 살려내는
아름다운 생명체가 또 있나요
뿐인가요
수난과 고난이 준 선물
자존심보다는 생명 존엄성으로
바람에 고개 숙여 감사 인사하잖아요
언제 하늘 자연 원망하며
짜증 앙탈부린 적 있나요

오직 감사하잖아요
이 생명 다 하도록
감사하는 맘 익어 터져 우러나는 춤사윌 보고
'바람에 날리는 여자의 마음' 이라고요
강물이 말하는 거 들어보셨나요
말~도 안돼
황간에 오면
황간 초강이
말~도 안돼~ 이 말씀
들을 수 있어요
태어나 중심 한 번 잃은 적 없는 참삶꾼에게
황간 초강이 뿌릴 감싸
에돌며 에돌며 적셔주잖아요
젖되 젖지 아니하고
받되 받지 아니하고
주되 주지 아니하고
있되 있지 아니함을 알고서
강이 가늘게 가늘게 일어서서 춤추네요
황간 초강에 와서
모든 걸 모든 걸 다시 한 번 보세요
우리 그리 사는가

잔디와 고사리

돋는 아가야
조막손 풀
꺾이고
여덟 번 꺾이고도 돋는 구살이가
苦살이라 하여 고사리
제주도민 흉년 때 너 아님 다 죽었다며
신앙의 신비로 지금도 모심 받는데

잔디야 너는
소떼 양떼들 울에 다 갇혀
홀로 외롭지
널 달래준다며 축구 야구장에 데려와
저택 정원에도 깔려
일년에 수십 번을 기계에 잘려
늘 까까머리 잔디야
사람 먹을거리로 섬김 받진 못하여도
민주 국민들은 널 스승으로 섬기는 거 아느냐

금권력 횡포가
민초 삶 깎아 쓸어버려도

금세 돋고 돋고
짓밟을수록 더 파릇파릇한
우리들의 참생명
잔디 고사리 같은 우리들의 참역사
참하늘 참세상 열고
협동으로 참사회 펼쳐
늘 함께 더불어 어깨동무 어깨동무
우리 그리 사는가
잔디와 고사리가 물어보네요
우리 그리 사는가

씨앗 한 알이

솔방울 바위 틈에 끼어
새싹 틔워 살아온 육십육년
야무지게 통통 부푼 뿌리로 어느날
쩌억—
쪼갠 바위
그 속 뿌리가
일광욕 즐기더니
세순들 돋고 돋아
오오라
참생명 참역사는 이러히 살아내는 것
홀로 여럿이면 못살릴 것 없다
우리 그리 사는가

물고기

눈 뜨고 자도
두 눈은 바깥 것에만 몰두케 해 그러니
이마 가운데 외눈으로 산다면
그대가 바로 텅 빈 목어 삶
심청이처럼 장님 잔칫날 베푸나니 터엉 텅—
금강경 설하는 목어
강도 물고기도 갑자기 멈추어
듣기 없이 듣기
새김 없이 새기기
행함 없이 행하기
생활 없이 생활하기
법문 없이 법문하기
우리 그리 사는가

반딧돌

수천년 강 바다 속에 살았어도
맹물 맛
소금물 맛
모르고 사는 너
물 밖에서
쪼개어 속을 보니
젖지 않아
먼지가 날리는 너의 지조
순결 지킴이로 칭송도 받지만
경제민주화 이뤄야 할 물 속에서도
홀로 반딧반딧
자본가의 국가에 묶인 정치노예 종교
진실로 진실로 불편한 진실이
진실로 너희를 자유케 하리라
하느님 단어 한 번 안 쓰고
부처님 언어 한 번 안 쓰고
진리 강요 한 번 안 하고 자연 행동
한 송이
함초롱
연꽃

자유
진실
프란치스코!
우리 그리 사는가
자본주의 물러가라
우리 그리 사는가

이렇게 손 잡고

참으로 눈 부신 날
가슴 울린 날
용인초등학교 가을 운동회
키 자라지 않는 연골무형성증
키 겨우 백십센티미터인 그와 달리기
장애물넘기로 무려 30m 이상
일 이 삼 사등으로 앞선 벗들이
갑자기 멈춰서서 꼴찌와 손 잡고
결승점 나란히 공동 일등 이루었으니
모두 모처럼 울컥 어른들
어른들도 이렇게 손 잡고
다섯명 아이들을 스승으로 모셔요
공동 일등 섬기며
어른들도 이렇게 살아보아요
참 좋은 세상 바로 이런 것이죠
담임께서 이 길 틔워 주셨으니
어른들도 다섯 아이 선생님처럼 살아보아요
'커서 저처럼 어려운 사람을 도우며
은혜 갚을 거예요'
고마워 울며 웃으며 꿈을 펴는 기욱이

기욱이의 꿈 듣곤 누리꾼들이
아이들 모시고 섬기겠다
서로 야단법석인 거 보면
야단법석은 생활로 펼쳐지는 보편적
일치,
이것!
어른아이 일등꼴찌 구별없이 차별없이
이렇게 손 잡고
모두모두 공동일등
우리 그리 사는가

아줌마 아저씨 가을입니다

아가주머니 아줌마
아가젖씨 아저씨
죽어도 싫다싫어 치떨리는
미스코리아 38 사이즈 눈꼴시린 분단허리 싫어
허리 미인 44 사이즈 연애시기 거쳐
보통 허리 55 사이즈 물리치지 못하고
부푼 허리 66 사이즈 아이고 참
펑퍼짐 허리 77 사이즈가 곧 진격해 오니
재벌 2세 아저씨가 내 남편, 아니
왕자 중 왕자가 내 남편이었다면 줄곧
허리 미인 44 사이즈 지켰을 텐데……
현실 신데렐라가 바로 나였을 텐데……

똥배에
꽃칠갑 몸뻬 바지로 빨강빨강 고추 따는
고추밭 아줌마 보세요
핫스커트
아가씨는
풋내
농염끼 없는 떫감 아가씨

가을 아줌마에게
금방 파묻혀
아가씨여 안녕~ 안녕~
저절로 손 흔들며 보내버려요

칼자욱 조각얼굴 아가씨 얼굴
쭉쭉 뻗은 스트레이트 머리칼보다
한 번 했다 하면 서너달 가는
꼽슬꼽슬 아줌마파마보다
정겹지 않고요
문신으로 새긴 아가씨 식칼 눈썹보다
약간의 공간이 있는 초승달 눈썹 보세요
여유만만 자신만만 꾸밈초월, 있는 그대로
이보다 질박한 미인 또 있으세요
씻으면 마늘쪽 같은 흙발도 보세요
포용성 넘치는 은근한 열정
버선코도 한 번 다시 보세요
삶 삶이 노동이라며
노동요 부르는 저 앵두입술
립스틱 물렀거라 저 불그레 불불입술

우리들의 아줌마
이뿐이 아줌마
남편까지 아가주머니에 넣고
막내아들로 키우는
고맙고 고맙고 고마우祖*
눈물나게 진한 삶삻 향에
아저씨들
젖 나오세 섯꼭지 틀어준
그 공로 외엔 달리 무엇이 있나요
누가 이렇게 묻고 따져도
마치 숫총각처럼 살포시 웃으세요~
아저씨라도 그렇게 웃을 땐 품어주니까요 가을
익은 열매들 보세요
그렇게 웃잖아요

가을입니다
어머니 대지가
익어 떨어지는 잎 열매 품어주고 품어주는
가을입니다
가부장제 버리세요, 네?

인간열매로 익어 떨어지는 막내아들, 그렇게 그렇게
안기고 안기세요
다음 만나면 꼬오옥 물어볼 거예요
우리 그리 사는가

*祖 : 감골문자로는 이며 이 글자는 오늘날 神 표기 이전의 원형으로 신을 더 완전히 드러내어 준다. 따라서 쪼개는 이 神보다는 원형 祖이 과학적 상형 문자로서의 신이다.

산

산 옮기는 거 보려고 모여든 군중 앞에
모하멧은 산이 이쪽으로 오면 뭇생명들 다치므로
자신이 산한테로 가겠다며 올라갔어요
누가 진짜 산인가요
걸어다니는 사람이 산?
의연한 자비로움 베풀 줄 알면 모두 산이지요
우리 그리 사는가

깃발

한반도 한민족 깃발은
긴 장대 끝에서 펄럭이는 거 아니고
일상의 생활 속에서 펄럭펄럭~
평화통일 이루고자 행동하는 사람
그 사람이 진정코 살아있는 깃발
우리 그리 사는가

해바라기 달맞이 별꽃

해 품었다고 해바라기 아니다
달 뱄다고 달맞이 아니다
별 피웠다고 별꽃이 아니다

소문자 나 버리고
대문자 나 자체일 때

해가 들어와
달이 들어와
별들 들어와
존재하는 신비

사람이
하늘 땅 이어줘
王

우리 그리 사는가
해 자체 달 자체 별 자체로
우리 그리 사는가

돌멩이

대문자 나로 자본독재 향해
그대 손 돌멩이 말아쥘 때
닫힌 참나 문 열리는 소리
천지창조 이전의 이 소리
태초에 소리가 있었나니
이 소릴 지르며 지르며 지르며
우리 그리 사는가

꿈의 황간 돌계단 징검다리 벚꽃잔치

하늘에서 온 우리가
돌계단 딛으며 더
내려갈 줄 알아야 밟는
징검돌 그
한 돌 한 돌 즈려 즈려 건너 건너
다시 하늘로 오를 수 있으니

징차 이곳은
복숭꽃 무릉도원보다 더 즐겁게
사랑 미움 경계선 건너 건너 건너게 해줘
하늘오르기
장다리 뚝방 벚꽃천지와 합쳐 오르기
벚벚꽃꽃천천지지 펼쳐지나니

그날엔
최국장 최선생 정선생님 계신
황간우체국으로
벚꽃벚꽃 머리에 함빡 이고 가
벚향 가득 엽서에다 실어 보내리
사랑하는 이여

'내가 부르다가 죽을 이름이여'
소월의 초혼가를 절절히
낭송한 다음 고이 부치리
그래도 맘 놓이지 않아
손글씨 또록또록 새겨 보내리

— 황간 벚꽃 잔치밭에서
　우리 꼭 결혼해
　아들 한 타스
　딸 한 타스
　낳고 또 낳고 줄줄이 낳아
　국가 보조금 실컷 받으며
　알콩달콩 시콤매콤 지지베베베
　내 쉴 곳은 작은 벚꽃집
　벚꽃집 지어서
　나비야 나비야 이리 날아오너라
　노랑나비 흰나비 춤추며 오너라
　훠얼훨 훠어 얼~ 얼~ 얼~
　이 꿈이 현실이고 현실이 얼인
　여기 돌계단 즈즈려 건너어 하늘하늘

다시 하늘오르기
이 꿈 현실이게 꼬옥 결혼해
첫날밤 두 몸 다 초강으로 흐르는
질라라비활활의
질라라비활활의
으응~ 으응~ 살아봐~ 살아봐~

우리 그리 사는가

강아지풀

할아버지 나이에도 오요요 오요요
부르는 소리 들려 마주 앉은 나
꺾으려 손 내밀 때 가요요 가요요
내쫓는 소리 들려 그냥 떠난 나
누가 진짜 말 잘 듣는 강아지인가
강아지 강아지 강아지풀아
꺾을 생각 아예 안낼께 응,
당장 오요요 오라 한다
함께 살자 한다
오요요 오요요 어서 오라 한다
우리 그리 사는가

땅콩

잘록한 경계선이 그리 좋은가
우주에서 가장 큼직한 마지막 땅콩
한반도 짤록허리 슬프고 슬퍼라
껍데길 까면 알알이 알민족인데
주렁주렁 주러렁 알동포인데
얼차린 남북 한얼이면 한겨레 새고구려
알나라 알알이 아리랑인데
강대국 기득권자 보이잖는 사슬로
일촉즉발 분위기 고조
보수결집 고질병 정치 이대로 좋은가
국민이 청진기 화평통일 약 되어
치유하는 의사로,
너도 나도
우리 모두 치유하는 의사로,
아니면 이대로 생땅콩이 더 맛있고
볶아 먹으면 너무너무 맛 조오타~
땅콩맛 중독자를 그냥 둘 건가
분단의 땅콩땅 빈부의 땅콩나라가
참으로 자랑스럽고 마음 편안해
그냥 그냥 두고 둔 채 마냥 모른 채
우리 그리 사는가

배추

햇빛 받아
구월엔 푸른 잎 땅 덮어 우거지더니
시월엔 황금빛 속잎 엄마처럼 감싸
'하늘 우러러 한 점 부끄럼없이'
손 모아 기도하는
배추
김장독을 명상실 삼아
새생명 살리는 으뜸 기운 우려내어
겨울밥상 오르는 한민족 한반찬
가족공동체 기념촬영 사진사처럼
김치~
웃어야 행복하고
행복해야
맛나는 삶 살 수 있다고
김치~
배추 익은 삶
우리 그리 사는가

대추

입법부는 저울
사법부는 저울 추
행정부는 저울에 얹혀 값매김 받는 부서
거꾸로 입법 사법부가 값매김 당해
좌지우지 자지 말고 보지 말고
그냥 창조내시 창조호위무사로
나를 따르라 한다
대추나무가
국가재판관처럼 의연히 서서
추 없으면 날 따 쓰라고
주러러러렁 아낌없이 풍요롭게 바치는 대추
우리 그리 사는가

상추

아내가 밥 된장 감쌀 때
아아 입 벌어지면
넣어줘
침실 같은 아침
날마다 깊은 사랑
행복한 식사
우리 그리 사는가

된장국

중도실상을 직접 먹고 싶은가요
된장과 물
한데 어우러진 나
불 받아들여 뽀골뽀골
배고픈 이들이여
날 잡숴~
우리 그리 사는가

시래기국

포동통한 햇살에
몸 말리더니 햇살이
점점 미이라된 무잎 봐
된장물에 들어가
뽀뽀 뽀뽀 뽀글뽀글
햇살 미이라 포동보들 살아나
죽은 것도 아니고
산 것도 아니어라
생사 한꺼번에 뛰어넘고
날 잡숴~
우리 그리 사는가

참새

참참참 인간세상
참참참 기막혀
날마다 부르는 참노래
마음 귀 없는 사람들이
듣지 못해 구워먹기
굽히면서도 참참참 '새됐어'
참참참 '새됐어'
싸이보다
싸이가 도저히 따를 수 없는
코 찌르는 죽음 냄새 참참참 '새됐어'
우리 그리 사는가

제2부

참참 쾌지나칭칭나네

참길

사랑이 정의와 함께
정의가 사랑과 더불어
걸어갈 땐
걸어가는 걷는 자만이 걸어가
걷는 자가 사라지다
쾌지나칭칭나네~

참교육

교육하는 교육자만을 교육해
교육자가 사라지다
쾌지나칭칭나네~

참정치

정치하는 정치가만을 정치해
정치가가 사라지다
쾌지나칭칭나네~

참말씀

말씀하는 말씀자만을 말씀해
말씀자가 사라지다
쾌지나칭칭나네~

참사랑

사랑하는 사랑자만을 사랑해
사랑자가 사라지다
쾌지나칭칭나네~

참사람

삶사는 삶꾼만을 삶살이해
삶꾼이 사라지다
쾌지나칭칭나네~

참기름

만약
이 세상에
가짜 기름이라곤 한 방울도 없는데
그 이름 안 사라지다
얼차려칭칭나네~

참생활

생활하는 생활자만을 생활해
생활자가 사라지다
쾌지나칭칭나네~

참빛

빛나는 빛만을 빛살이해
빛이 사라지다
빛나는 어둠, 한반도 독재 블랙홀
얼차려칭칭나네~
한반도 자본가 블랙홀
얼차려칭칭나네~
한반도 강대국 블랙홀
얼차려칭칭나네~
한반도 전쟁 블랙홀
얼차려얼차려 얼차려칭칭나네~~~

참노동

노동하는 노동자만을 노동해
노동자가 사라지다
착취없는 이 사회
쾌지나칭칭나네~

참놀이

놀이하는 놀이자만을 놀이해
놀이자가 사라지다
쾌지나칭칭나네~

참명상

명상하는 명상자만을 명상해
명상자가 사라지다
쾌지나칭칭나네~

참묵언 참피정

묵언하는 묵언자만을 묵언해
묵언자가 사라지고
피정하는 피정자만을 피정해
피정자가 사라지다
쾌지나칭칭나네~ 쾌지나칭칭나네~

참주시

주시하는 주시자만을 주시해
주시자가 사라지다
쾌지나칭칭나네~

참삼매

삼매하는 삼매자만이 삼매해
삼매자가 사라지다
쾌지나칭칭나네~

참법문

법문하는 법문자만을 법문해
법문자가 사라지다
쾌지나칭칭나네～

참행복

행복해하는 행복자만이 행복해
행복자가 사라지다
쾌지나칭칭나네~

참황홀

황홀해하는 황홀자만이 황홀해
황홀자가 사라지다
쾌지나칭칭나네~

참꽃

즈려 밟혀주고도 고마워 향을 주는 소월꽃
쾌지나칭칭나네~

참염불

염불하는 염불자만을 염불해
염불자가 사라지다
쾌지나칭칭나네~

참관음

관음하는 관음자만을 관음해
관음자가 사라지다
쾌지나칭칭나네~

참화두

화두하는 화두자만을 화두해
화두자가 사라지다
화두 없되 없지 아니하고
화두 있되 있지 아니하고
화두 있음 없음 뛰어넘은
터엉—
이뿐이다
이뿐이
쾌지나칭칭나네~
쾌지나칭칭나네~
쾌지나칭칭나네~~~

참해탈

해탈하는 해탈자만을 해탈해
해탈자가 사라지다
쾌지나칭칭나네~

참열정

열정하는 열정자만을 열정해
열정자가 사라지다
쾌지나칭칭나네~

제3부

따러 가자 따러가

달 따러 가자 달

이미 그대 안에 달
그림자 남기잖는 그 달
달 주인 못되면
그림자가 그림자 낳는 삶 살 텐데
그래도 좋은가 휘영청 밝은 달
달 자체인 그대여

별 따라 가자 별

이미 그대 속 별천지
별 주인 못되면
별똥 삶 살 텐데
그래도 좋은가 초롱초롱 영롱영롱
별 자체인 그대여

해 따러 가자 해

그대가 해의 핵인데
자꾸 어딜 가자는지
설령 삼족오 타고 해 속을 들어가도
그댄 타 죽고 말 텐데
그래도 좋은가 이글이글 시원한
해 씨앗인 그대여

연꽃 따러 가자 연꽃

모르는 소리 그대가 연꽃인데
연꽃 주인 못된 채,
연꽃 속 앉아계신 주인 못된 채,
바깥 연꽃만 꺾을수록 자연훼손 죄인
그래도 좋은가
연꽃 자체인 그댈 버려둔 채
그래도 좋은가

사랑 따러 가자 사랑

어딜 가자고?
그대가 사랑
사랑 자체가 그대
따먹혀줘
영혼의 향 한누리로 거저 줘 자꾸 주는
사랑 자체 황홀
황홀로 살지 않고
사랑 따러 가자 사랑
줄곧 겉으로 헤매는 삶
그래도 좋은가

돈 따라 가자 돈

돈이 사람을 따먹는데
사람이 돈 따라 가자 돈
나서지 않으면 굶주려 헉헉
나서면 착취 당해줘야 사는
생존산업 자본종교 자본주의 황제, 우리가
황제 따러 가자 황제
황제 못따면 말라깽이 삶
그래도 좋은가
혁명 자체인 그댈
노예살이로 묶어둔 채
좋은가 좋은가 그래도 좋은가

삶 따러 가자 삶

그대 삶 위해
마치 정치가가 사적 이익 위해
공적 일을 맡아
이웃 삶 따
풋감 따듯 따
부자 됐어요
익을 겨를도 없이 대롱대롱
따먹힌 이웃엔
혁명자가 공적 이익 위해
사적 자기 목숨 자기 정성 다하는 사람 없어
삶다운 삶이 없어요
삶다운 사회가 사라졌어요
빛나는 부자공화국
눈시린 을신세 공화국
자유의 피 · 땀 · 눈물 · 살 · 뼈 곰탕공화국
무한경쟁 자유탈락 화려빈민 공화국
남북 더하기 갈라지기 남남 삶
그래도 좋은가 부자 삶
그래도 좋은가 노동자 삶
좋은가 그래도 좋은가

삶 위에 삶 없고 삶 밑에 삶 없는
숭고한 생명 자체 그대여

권력 따라 가자 권력

모든 권력은 국민으로부터 나온다
헌법 제 1조
빼앗긴 권리는 덮어두고
권력 따라 가자 권력
휘말리면
자기를 속이는 자기 사기꾼
타인들도 속이는 사기꾼 중 사기왕
'누군가 자신의 권리 위하여 안 싸우고
천국극락 가기만 바라고 참기만 한다면
그가 바로 아편에 중독된 사람' 권력 추종자
삿된 정치가로 떨어지는 지름길
그래도 좋은가
빼앗긴 들에도 봄은 오지만
봄이 아니듯
빼앗긴 권리에 봄 온 듯하더라도
실상은 노예삶 노예마취제
헌법 제1조 포기시키는 봄
주인 의식 영영 잃고 노예찬미 봄봄봄 봄봄봄
좋은가 좋은가 그래도 좋은가

혁명 따러 가자 혁명

개체 혁명에서 사회 혁명으로
혁명하는 혁명자만을 혁명해
혁명자가 사라지고
사라진 혁명자들로부터 사회 바꾸기
혁명 따러 가자 혁명
태초의 사랑 자비 정의 평등이 가득한 가을
주러렁 익은 가을인간 열매로
골고루 나누며 서로 품어 살자
같이 일하고
같이 놀고
같이 먹고 자고 사는
혁명 따러 가자 혁명
혁명을 구경만 하는 삶 천박한 천박한
자본주의 신자 되어 망하는 삶
좋은가 좋은가 그래도 좋은가

신바람 따라 가자 신바람

어쩐지 봄바람 아니아니 새생명 입바람
이미 그대 속 신바람
신바람 주인이 못될 땐
똥바람 삶 누릴 텐데
그래도 좋은가 하늘하늘 하늘바람
신바람 자체 그대여
불어야 분다 바람이 분다
불어야 분다 신바람 분다

솔방울 따러 가자 솔방울

솔방울 속에 머물 솔방울 찾아서
한라산 지리산 설악산 금강산
백두산까지라도 오르고 오르며
솔방울 따러 가자 솔방울
모든 산 솔방울 다 따 봤지만
솔방울 속 머물 수 없어 멍청—
하산 명상실 방석 위 오롯이 앉았더니
사람산 정수리 솔방울 한 알
이걸 두고두고 바깥만 헤매느냐는
소리없는 그 소리 금강경 소리
이 소릴 못들으면 살아도 산송장
한 손으로 친 그 손뼉소린 여기서 나와
은산철벽 격납고를 꿰찌르나니
이 소릴 못들으면 죽어도 거듭 못나
좋은가 좋은가 그래도 좋은가

뿡 따러 가자 뿡

부처님 방귀 따다 어디 쓸려고?
빈병에 넣어뒀다
부처님 보고플 때 맡아볼래요
그래도 좋은가
맡아볼래요

딸기 따러 가자 딸기

잘 익히면 천하의 명품술
익혀야 할 그 영혼 익히지 않고
무학소주 그 술로 코끝만 익혀
그대 딸기코
딸기 따러 가자 딸기
그래도 좋은가 천하의 명품술
영혼 자체인 그대여

은행 따러 가자 은행

잘못 따면 은행 갱
잘 따도 암모니아 구린내
그 속에 새하이양 알
은행 따러 가자 은행
혹시 부처님 방귀냄새 뽕나무보다 더 나더라도
외면치 말고 직접 까면
그 속에서 나오는 방귀알 한 알
은행 따러 가자 은행
방귀 속에서도 천하의 생명 알
알 자체인 그대여
싫다싫어 돌아서면,
구별차별 앞세워 싫다싫어 돌아서면,
그대만 먹통
그래도 좋은가

꽃씨 따러 가자 꽃씨

피지 못한 꽃엔 씨 없으니
꽃부터 피워서
꽃밭꽃
꽃밭꽃 주인 못되면 날마다 소작농
그래도 좋은가 씨앗사람아
그래도 좋은가 꽃밭꽃 사람아
꽃이 씨 되고 씨가 밭 될 줄 모르면
머슴삶
그래도 좋은가
꽃 자체 씨 자체 밭 자체인 그대여

통일 따러 가자 통일

우리의 소원은 평화통일
통일 따러 가자 통일
머뭇머뭇 머리 굴리지 말고
반갑습니다 가슴가슴 열고
우리는 하나 다양한 하나
무슨 주의 사상 내밀지 말고
단군후손 새개천절로 오롯오롯 한민족
통일 따러 가자 통일
통일 못딴 남북 그냥 둔 채 아무리
경제 올림픽 금메달 따도
핵군사 올림픽 금메달 따도
민주주의 올림픽 금메달 따도
문화체육 올림픽 금메달 따도
그야말로 금금금 순금나라로 불러줘도
애통 비통 침통 고통 아리는 허리병
장애 특급국가
비장애 강대국들 이권다툼터
물리치지 못한다면
영원히 장애 대특급국가
그래도 좋은가 아니다 아니다

우리의 소원은 평화통일
통일 따라 가자 통일
우리의 소원은 그 누가 뭐래도 평화통일

이슬 따러 가자 이슬

풀잎 끝 한 방울
이슬 따러 가자 이슬
가서
아침 햇살에 온몸 온목숨 온영혼 내맡겨
둥근 물살 둥근 빛살로 사라지는 거
눈 부시게, 무심 부시게, 사라지는 거
이와 달리 사라지는 거 두려워
양산 속 빛가림 삶
그래도 좋은가
이슬 따라 가자 이슬
가서
이슬 삶 그대로 살자
이슬 자체인 그대여

문 따러 가자 문

문 닫혔다
문 못따면 감옥
그래도 좋은가
문 따러 가자 문
열쇠 잃었다 말하지 마라
닫힌 문
따내면 열쇠
따내는 것이 열쇠
따내는 그대가
바로 열쇠 자체
문이라는 문들 그렇게 다 따듯
문 없는 문
못 따도 감옥살이
좋은가 그래도 좋은가

복 따러 가자 복

복소리가 복음이니
복 따러 가자 복
이미 그대 속 복천지
복주인 못될 땐 복소릴 못들어
두려움에 벌벌 죽을 수밖에
거듭남은커녕 쪼그랑쪼그랑 죽을 수밖에
그래도 좋은가 복 깬 복음을
누가 듣는가
복 자체 복밭 자체 복소리 그대여

자물통 따러 가자 자물통

그래도 좋은가
자물통 없는 열쇠
열쇠 없는 자물통
자물통 삶
스스로 안으로 정확히 들어가
핵을 애무하라
곧 바로 진리절정 익어 터지리
그대여 이거 잊고
열쇠맞춤집에서 열쇠 구하지 마라

질문 따라 가자 질문

왜 살고
어떻게 살며
무엇을 위해 사는가
질문 없이 살면
자본가를 주인으로 섬겨
본래 주인과 이별하므로
그래도 좋은가
질문 따라 가자 질문
질문 자체 삶일 땐
그래도 좋은가
좋구말구 우리 삶살이
질문이 답이니까요
본래 주인이 가만히 있지 않고
스스로 불쑥 드러나니까요

답 따러 가자 답

이 생명 주신 분 만나려고
그냥 그저
지금 여기 이 순간 이 공간
알몸 알키로 살고
기뻐하며 감사하며 찬미하며 삽니다 그때
질문이 어머니 되어 새생명 출산하니
답 따러 가자 답 아니 아니
답 가운데 답이라도 따온 답은 지식
지식은 머슴일 뿐
머슴을 주인으로 섬기고 살 땐
밥 팔아서 똥 사먹는 삶살이
그래도 좋은가
그대가 질문 자체
그대가 답 자체
알몸 알키로 직접 깨쳐야
비로소 삶답게 사는 거지요
그래도 좋은가
좋구말구 우리 삶살이

방법 따라 가자 방법

지붕 위 올려주는 사다리 없이
어찌 지붕에 앉아
하프 첼로 대금 연주할 수 있으랴
침묵이 몸 풀며 복춤복춤 신명나게 풀 수 있으랴
여기서부턴 사다리 없는 사다리 따라 가야 해
사다리 없는 사다리
못 찾으면 하늘 못 오르기
그래도 좋은가
사다리 없는 사다리가 바로 그대
주시자가 사라지고 주시뿐인 그대
그래도 좋은가
좋구말구 우리 삶 아무것도 아닌 삶

뜻 따러 가자 뜻

뜻 잃은 삶도 삶인가
그래도 좋은가
뜻 따러 가자 뜻
가서
따온 뜻
존재 속 존재자
그 존재 꽃피우기
이때부터 이 뜻 해체시킬 줄 모르면
쬐그만 나 응집돼 욕구욕망의 화신
그래도 좋은가
태초의 소리로 뜻 지워야만
소리 없는 소리 속에 들어가나니
들어가나니 들어가
온존재 다 맡길 때
그래도 좋은가 새하아양 백광천지
좋구말구 우리 존재
이 말씀도 가당찮지~

목적 따라 가자 목적

소리 없는 소리 속에 들고도
목적이 남아 있다면
소리 없는 소리 바깥을 맴도는 것
목적 따라 가자 목적은 머슴
그래도 좋은가
목적해체
목적 사라져 녹임
목적 흔적 없이 다 태워져
빛 없는 순백광 아무것도 아닌 빛
소리 없는 그 소리 절대 복소리
아무것도 아니면서 동시에 모든 것 뿐
그래도 좋은가
좋구말구 할 것조차 없이 좋아라
그렇구말구 할 것조차 없이 그냥 좋아라
그저 좋아라 좋아라 빙그레 좋아라~~~

주권 따라 가자 주권

그네에 미국 태우고
그네타기 즐기는 그네여
전작권 돌려줘 공약파기 사기여왕
앞으로 그네가 날면 주권모독
뒤로 그네가 날면 주권폐기, 우리가
주권 따라 가자 주권
주권 잃으면
군사 식민지로 살 텐데 미군 점령지로 살 텐데
그래도 좋은가
주권 자체 권력 자체 헌법 제1조
헌법 제1조 그 자체 국민 여러분
미국한테 거지 여왕
그래도 좋은가
그네 끊으러 가자 그네
주권 따라 가자 주권

제 4 부

쿵쿵쿵 걸어나가자

생활전선은 생멸전선이다

남북전선을 삼팔선
세계전선을 국경선
종교전선을 종경선
자타전선을 대립선
생활전선을 생멸선
총칼 탱크 전투기 잠수함 테러
미사일 생화학전 세균전이
핵폭탄과 비대칭 이루며 서로 으르렁거리지만
자본이 주인인 생활전선은
무기라는 무기 다 갖춘 국가라 하여도
국가가 자본에 종속된 이상 태어나자마자
유전무죄 인생 무전유죄 인생
정정당당 활활발발한 경쟁 한 번
제대로 치루지 못한 채
자궁에서부터 패배하고 나오는데
이게 무슨 생활전선인가?

날 생 활기로운 활이 아니라
날 생 꺼질 멸 파멸이 기다리는데
처참한 패배가 기다리는데

영성진화 촉진제 생활전선이라니
의식확장 증폭제 생활전선이라니
눈 씻고 찾아봐도 그런 전선 없는데 보아라
학교 공부도 채 끝내지 못한
서민 자녀들을 보고 또 보아라 그리고
보통 수십년 학교 공부는 다 끝냈어도
서민 자녀들이 그럴듯한 그 이름
생활전선에 생활전선에 생활전선에
배치 투입되는 순간,
생멸전선 전사로 자신도 모르게
서서히 천천히 말라 죽는 거 보아라

생활전선은 생활전선이 아니고 생멸전선이다

자본이 주인으로 버티고 있는 현실
무일푼 서민은 무엇으로 살아야만 이기는가?
빈손 서민은 어떻게 움직여야만 아름다운가?

생멸전선이 생멸전선 넘어서서 깨칠 때 아아
이 자리가 곧 바로 의식부활전선 그 전선 한가운데
내가 부처님이며 우주 전체로 사는 이것!

이땐 삼팔 국경 종경 대립 생활 생멸선
온갖 줄 다 그어도 소용없어라
자유함을 막을 놈 그 누구도 없어라
이름하여 영원한 자유인
영원한 자유인일수록
가슴에 이루지 못한 꿈앓이
그 신음소리에 귀 기울여 살자
이웃 사람 신음소리로 알아차리며 살자

'사람이 자본을 만들어 놓고
그 자본이 사람을 노예로 삼는'
이런 세상 됐는지
아리도록 시린 이런 사회관계 됐는지
우리 세상 이러한데 자꾸만 우리 세상 이러하고 이러한데
난 영원한 자유인이라 할 수 있는가?
솔바람 솔향에 묻혀서 자유인이라 할 수 있는가?
썩어가는 연못 살리는 연꽃 속에서만
부처 모습 드러내는 궁극의 그
자유를 자유롭게 누릴 줄 아는
진정 큰 자유는 무슨 자유여야 하는가?

소타령

아버지가 왕일 때
맹목적 충성파들 주류 이루어
소로 변하더니
유신헌법 어때?
그렇소 맞소 옳소
인혁당 사형 어때?
그렇소 맞소 옳소
마산 부산 민주화 운동가들 싹쓸이 어때?
그렇소 맞소 옳소
결국엔 십이육 오고
소떼는 여전히 떼지어 육지 왕문어가
스포츠 공화국 어때?
그렇소 맞소 옳소
태우고 다 태우고 노태우는 안태우고 어때?
그렇소 맞소 옳소
그러나 동트는 새역사 쟁취한 민주권력!
정주영이 그 소떼 천 마리 이상
몰아몰아 삼팔선 넘어간 후
생겨난 새로운 소
웃기지 마소?

당신이 내게 해준 거 있소?
공주가 이 새로운 소떼들 향해
공약남발 꼬득꼬득 조작선거
공약공갈 국정원선거 권력강탈
그 아버지에 그 딸다운 공주가
터억— 턱 괴고 앉아있기만 해도
국민 여러분 따르소 받드소 믿으소
부추겨 홍보하며 알아서 기는
새로운 소떼가 나타났다지만
이리 보고 저리 보고 다시 또 봐도
낡아빠진 지난 옛시대 소떼들이라
그야말로 새로운 소떼들이
뾰족뾰족 새뿔 돋는 새로운 소떼들이
입 만지는데 목청 씻는데 내지르는데
듣소 보소 물러나소
강탈 마소 속이지 마소 버티지 마소
새로운 소떼들이
새롭고 새로운 소떼들이
새롭고 새롭고 새로운 소떼들이 모이고 모여
민주 숫돌에 벼리고 벼리어

번쩍번쩍 새뿔 치켜세워
우는데 외치는데 피토하는데
듣소 보소 물러나소
강탈 마소 속이지 마소 버티지 마소
동튼 민주역사 피로 지킨 빛살을
검은 먼지세력 토막시간 에너지떼 원조인
아버질 정치경전 삼은 채
낡은 소떼 타고 불통의 피리 불다간
재앙이 오는데
그 재앙은 가문의 재앙이 아니라
국가적 재앙으로! 그러니 공주여
강탈 마소 속이지 마소 버티지 마소
듣소 보소 물러나소
우리는 새롭고 새롭고 새로운 소떼들
우리가 직접민주주의 하겠소
우리가 분단비극 이용한 정치적 술수 확 버리겠소
우리가 평화통일 추구한 정치다운 정치꽃 피우겠소
우리가 3 · 15보다 수천 배 더한 국정원 부정선거
강력한 특검으로 바로 잡겠소
우리가 1% 위해

1%한테 끌려가는 국가가 아니라
우리가 99% 위해 1%가 헌신하는 민생복지의
국가다운 민주공화제로 거듭나게 하겠소
이 아름다운 민주주의 앞에 공주는
귀 막고 눈 감고 공안몰이 하겠소
아빠 닮지 마소
국가적 재앙방지법 모른다 마소
안다면, 진실로 안다면
그 앎은 말보다 절대순수행동으로 국민주권
강탈 마소 속이지 마소 버티지 마소
듣소 보소 물러나소
선의 · 정의 · 공공의는 영원히 이 땅에!
진리 현존을 알아본 새뽈난 소떼들의 큰소릴
으뜸나게 두려워하며 살아보소
진리 그 자체 정치 꽃송이로 한 번 살아보소
진리 그 자체 정치 꽃송이로 한 번 물러나소
이러히 죽어야 영원히 죽지 않소
정치적 술수 공안정국 버리소
정치 아닌 권력중독이니 버리소
늦기 전에

늦기 전에
진리 그 자체 정치 꽃송이로
아버질 극복하는 유일한 길
물러나소
그리하여 공주, 시들잖는
국민 꽃송이로 거룩히 여김 받으소
거룩히 여김 받는 권력주체 새뿔난 소떼로
같이 살아보소 듣소 물러나서
어서 우리들 사랑과 진리의
가슴 속으로 들어오소
이 나라 우두머리 심판관으로
레드카드 사정없이 뽑아들고
사정없이 자신에게 들이대
우리들 사랑과 진리의 가슴 속으로 들어오소
건국 이후 대통령이 최초로
낡은 소떼 귀쌈테길 갈겨 코피로 물들인 듯한 그 레드카드
사정없이 자신에게 들이대
물러나소
우리들 민주 사랑과 진리의 가슴 속으로
가슴 속으로 정확히 들어오소 들어와

영원히 영원히 존경 받으소 사랑 받으소 신뢰 받으소
보직없는 대통령으로
영원히 영원히 받아들여 모시겠소
섬기겠소 함께 살겠소

나비와 중도 혁명가

나비는 잡히지 않는다
잡힌 순간
춤이 사라졌으니
나비는 없다
방향에만 집착하는 순간
혁명본드이지
중도 혁명가는 아니다
중도를 떠난 혁명은 실상이 아닌
길가의 껌에 떡 말라붙은
관념적 수구 진보이지
중도 혁명가는 아니다 진보니 보수니는 이정표일 뿐!

좁게나마 연
민주화 길조차 넓히지 못하는
유식한 무능은 무식한 유능보다 못하다
중도 혁명은 유능한 지혜꾼
수구 진보는 무능한 유식꾼
나비처럼 날아서
벌처럼 쏠 줄 아는 알리는
알리라

권투 해설가는 링에 오르지 않고
권투한다는 사실을
중도 혁명가는 넓고 둥근 링에서 해설가가 아니라
알리처럼 사는 것
사람들 가슴 안에서
사랑도 명예도 이름도 남김없이
사노라면 언젠가는 해뜰 날
기다린 게 아니라
자신이 실상의 해가 되어 이 세상
새롭게 비추며 함께 더불어
나비 한 마리로 사는데
이 나비는 절대로 잡히지 않는다

잡을 수 없는 것을
잡으려고 억지 쓰는 사람과
잡히지 않는 것을
잡았다 으스대는 사람이 수구 보수, 사실
이런 사람이 중도 혁명가가 될 수 있다 어느 날
무지한 쇠사슬에 묶인 자신의 꼴에 화들짝
소유 지배 권력욕 벗고

나비춤 참사람에 스스로 녹아
고래춤으로 출렁이는 새생명
바다!
이런 사람이라야 바다로 거듭나는 혁명 시작
드디어 채식하는 사자호랑이로 육지 삶살이

보아라
사자호랑이 가슴에 앉는 나비 한 마리를
행여나 못된 습관 똥구멍으로 들어오면
나비는 그림자만 남기고 사라진다

잡았다는 나비는 나비가 아닌 그림자이므로
잡았다는 그 사람이 야시 같은 기회주의자
무지한테 잡힌 것이다 나비는
절대로 잡히지 않는다
훠얼훨 화알활 질라라비활활의
중도 혁명가는 한 마리 나비여야 한다
역동성 넘치는 중도야말로
늘 뿔나고 날개단 사자호랑이어야 하고
직화구이 중도는 파도 속에서도

늘 사악한 모든 걸 태울 줄 알아야 하고
그 불씨가 생명 자체로 활동하는 나비여야 한다
중도 혁명가는 한 마리 나비여야 한다

봄에만 봄바람 나비 이런 나비 말고
겨울일수록 더 활기롭게 봄바람 춤추는
그러나 절대로 잡히지 않는 나비이므로
나비는 아무것도 아니면서 우리 삶의 모든 것!
우리 삶 한가운데 생생히 살아 있는 중도실상!
하늘하늘 아름다운 나비여야 한다
이제부터 이제부터 이제부터는
고요히 돋는 직접민주주의로
한누리 천지 꿀꽃인 국민이 나비여야 한다
우리 그렇게 한 번 살아보자
이것이 잘 익은 새정치의 길
이것이 잘 익은 새정치의 법
우리 이렇게 뚜벅뚜벅 걷다가 한 번 날아보자

통일, 그것도 반드시 평화통일로
경제, 그것도 기어이 민주화로

교육, 그것도 꼭 참교육으로
문화, 그것도 화알짝 사랑 배려 공생으로
정치, 그것도 국민이 직접 대통령으로
복지, 그것도 거짓 아닌 약속 지킴이로
나라, 그것도 중도실상 공동체로
사회, 그것도 중도실상 다양체로
가정, 그것도 중도실상 행복체로
개인, 그것도 중도실상 정의로운 자유체로
어느 날 독일이 벽돌 무너뜨리듯
군데군데 가로막는 갑을의 벽돌마다
우리 박차고 무너뜨려 한 번 화알활 살아보자
한 번 훠얼훨 날아보자
신명나게 너나 우리 끝끝내 한 번 춤춰보자
이제부터 이제부터 이제부터는
우리들 모두가 나비보다 더 나비다운 나비나비나비
나비떼로 한 번 날아보자 몸서릴 떨쳐내며
자본독재 권력독재여 안녕~~~
거대하고 담대한 하늘 나비떼로 훠얼훠얼 날아보자
끈기 있게 새하늘 열어 우리 한 번 살아보자 날아보자
이제부터 이제부터 이제부터는~~~!

잠이 안 온다

정규직 월급 이백만 원
비정규직 월급 일백만 원
동강난 액수로 피땀눈물은 뭐 빠지게 더 바치고
처우개선 요구 순간 재계약 탈락대상 일 순위
능력 없는 스파이더맨으로
자본가 기분 줄에 대롱대롱
무능한 거미인간으로 매달아
까불래 안 까불래?
죽을래 살래?
가만히 살래 대들며 살래?
늘 벼랑 끝 전술 자본가 힘에
생존산업 비정규직 고개 꺾인 삶 육백만 명
육백만 명 서러워 서글퍼 비참해 처참해
잠이 안 온다

잠이 안 온다
정규직 노조원도 잠이 안 온다
자신의 높은 월급 1/3 떼내줘 비정규직 삶 껴안고
빨리 비정규직 노동위원회 조직해
악덕 생존산업 신자유주의 붕괴시켜야 하는데

잠이 안 온다
눈 부릅뜬 올빼미처럼
홀로 자꾸 홀로 또
가슴이 아려

잠이 안 온다
너나없이 노동자는 잠이 안 온다
신출귀몰 밤새 의로운 스파이더맨 꿈꾸며
공동경영 공동생산 뿌리치는 공생상생 폐기처분자
착취의 자본세력을 사정없이
달랑달랑 매달아 육삼빌딩 꼭대기에다
매달아 순수인간으로 거듭날 때까지 매달아
빌어라 잘못을 빌어라 그렇잖으면 끊어버리리라
잠이 안 온다 이를 갈며 꿈꾸면서
시리고 아린 가슴 소주로 적실수록
안 온다 잠이
두 눈 부릅뜬 부엉이처럼
홀로 다시 홀로 신음하여
심장이 부어

잠이 안 온다

과두정치 국회의원 장관 당대표들도
행여 올빼미 떼지어 습격해 올까 봐
혹시 부엉이 떼지어 날카로운 발톱
본능분노 본성정의의 그 빛으로 흡혈귀 녹이듯
쥐새끼를 낚아채듯
살기 좋은 자본가 시대 낚아챌까 봐
붕괴시킬까 봐
무너뜨릴까 봐 뒤집힐까 봐
그럴까 봐 안 온다 잠이

잠이 안 온다
자본가 자식 놈이
노동자는 반애국주의자로
파업만 일삼는 우리나라 꼴사나워 망신스러워
자본가 아들놈이 고급 양주에다가 망신세력 잊으려고
수면젤 먹어도 잠 못 드는 이 밤에
노동자 부모들은 자녀 학비 걱정 전월세 걱정
아르바이트조차 얻기 힘든 청년 실직자 한숨소리
'안녕들 하십니까' 모두모두 안녕치 못한
세월호 나라 갑을의 나라 분단비극의 나라

왜 우린 홀로
바닷속 시신들을 피 맺히게 피 터지게 부르며 부르며
홀로 자꾸 홀로 사막 걷는 나그네 신세랴
사랑도 명예도 이름도 남김없이 하나로 똘똘 뭉치지 못하고
부모 형제 자매 우정도 효도도 이웃과 친구도
돈이 없으면 돈이 없으면 돈이 없으면 인간도 없을 뿐더러
모든 자유와 해방은 꿈 속의 물 한 잔

안 온다 잠이
안 오는 잠 속에서 빛 부신 그 눈으로
꿈 속의 물 한 잔
마시자 착취자가 유일하게 뺏지 못하고
엎지르거나 깨뜨리지 못하는
꿈 속의 물 한 잔
이건 돈 없이 마실 수 있고
이건 돈 없이 깨쳐 일어설 수 있으니
일어나 비추자
사람답게 살 권리 위해 싸우잖으면 그
포기한 권리, 포기하여 다시 싸우잖으면,
무조건 참기만 한다면

신흥종교 자본교의 아편에 찌든
아편 중독자! 우리들은 아편 중독자!!!
이 병마를 떨치고 일어나 뭉쳐야 산다

잠이 안 온다
새롭게 태어나려고
잠이 안 온다
안 오는 잠 속에서 우러넘치는
새 생명 노동자의 새벽 기침소리
그래 우리는 하나로 합쳐야 산다
그래 우리는 하나로 똘똘똘
뭉치고 자꾸자꾸 뭉치고 뭉치고
지속적으로 지속적으로 뭉쳐야만 산다
만국의 노동자여
쾌지나칭칭나네~~~ 이 소리
만국의 노동자여
쾌지나칭칭나네~~~ 이 소리
신명나게 신바람나게 뭉쳐야만 산다
올바르게 권리 찾아 싸워야만 산다
쾌지나칭칭나네~~~ 칭칭나게 뭉쳐야만 산다
대~한민국 노~동자여 쾌지나칭칭나네~

이 얼마만이냐
어릴 때 소풍 전날 밤
또는 운동회 전날 밤
설레는 가슴 속 뛰는 심장
어쩌지 못해 쿵쿵 쿵쿵
잠이 안 온다 이 소리
이 얼마만이냐
쾌지나칭칭나네~ 이 소리
안에서 깊이깊이 울려 나와
이 얼마만이냐 아아
잠이 안 온다 대~한민국 노~동자여
잠이 안 온다 쿵쿵 쿵쿵 잠이 안 온다

별도 바람도 스침 없이 잠든 이 밤
달도 강도 비침 없이 잠든 이 밤
쿵쿵쿵 하늘 문 두드리는 심장소리
대~한민국 노~동자여
침묵 터진 응원단의 응원소리
자면서도 듣는가
쿵쿵쿵 잠이 안 온다

담배

한 골 넣은 축구
기성용의 상징행동, 엄지손가락 빠는
임신 자축 그 행동 호쾌 유쾌 통쾌
성스러우나
서민들이 담배 빠는 건
우리나라 이 나라 신분상승 골
보장하고 보장한 헛공약 때문
대대손손 '을' 신세 대물림 때문
현대판 노예꼴 죽고파 약올라 차라리
아가야로,
엄마 품 속 쪽쪽쪽쪽 젖 빨며 살던
아가야로,
자꾸 돌아가고 싶은데
엄만 계시잖고
아낸 맞벌이로 지쳐 앞가슴 말라
어쩌란 말이냐?
그네는 끄떡없이 국민건강 세워
꼼수 증세 십단 실력 보였으나
끊어도 끊어도 끊어지지 않는
부자들의 호위무사 국가여

어쩌란 말이냐?
이래도 알고 저래도 알고 우린 다 아는데
줄곧 야성 잃은 야당은 과두정치 정착
'갑' 질이나 얄팍얄팍 두툼두툼 해대고
지금 어쩌란 말이냐? 보아라
엄마 같은 국가 아예 없으니
아흐흐, 어쩌란 말이냐?
죽을 때 죽더라도 폐암 걸려 죽더라도
담배,
나를 품어주는 유일한 엄마 젖꼭지
담배,
나의 국가여
서민들 쉴 곳 오직 담배뿐인 국가도 국가인가?
국가는 무엇인가?
국민이 가라앉고 서민이 익사하는 세월호인가?
뭐?
모른다고?
어쩌란 말이냐?
우리는 어쩌란 말이냐?
엄마아~ 엄마 같은 국가는

이제 꿈도 꾸지 말아야 하는가요
천만 번을 불러도 눈물 나는
아아 우리 엄마~ 그 가난한 시절
아가야 때부터
제가 너무 빨아 길어진 젖꼭지
엄마 젖꼭지 같은 담배
쪼옥쪼오옥 빨아도 연기만 마시고
연기만 기일게 뿜고 뿜지만
화끈하게 앞가슴 풀어
제 입에 물려 주시는
뜨겁고 포근한 엄마 긴 젖꼭지
담배, 우울하고 슬픈 그러나 그 순간 위로해 주는
나의 국가여

노령연금 이십만 원 주곤 담뱃값으로 되뽑아가고
법인세 증세는 나라 망한다며 죽어도 안 하고 그래서
손가락 데이며 필터가 다 타도록
꽁초 빨아마시며 꽁초 꽁초
나의 국가 꽁초 갑자기 비싼 꽁초
너무 너무 비싸서 이젠 못 만나 더 외로워 더 못 견뎌

흐흣흐어, 어쩌란 말이냐?
어쩌란 말이냐? 아직도 나의 국가는 꽁초 너뿐인데
말 좀 해다오 지쳤어도 이글거리는 밑불
우리들 굴뚝 사람 물가는 올라도 월급은 제자리로
속이 다 타서 푹푹 내뿜는 서민 한숨
주름진 몸 아닌 금간 몸이니
함부로 손대지 마라 직장 잃지 않으려 참다가
터질 땐 불덩어리 솟구치느니
창조경제의 굴뚝인간 굴뚝삶 굴뚝가정이여
서민은 이리 살란 말인가?
직장도 못 구한 청년 실직자 한숨에서
검은 연기 나오는 거 좀 봐
가난의 대물림 착취대상 서민이
결단코 굴뚝인간 아님을 스스로 보여주리니
어떻게 어쩌란 말이냐?
정치인이 묻는다면 서민이 직접
헌법 제 1조 주체로
노예의 대물림 끊고 말 테니 너희들도 물렀거라
서민이 권력주체로 사자방 떼강도를 다 때려잡는
참정치 꽃열매 새롭게 가꾸어

주러렁주러렁 다 같이 잘 사는 길 보여주리라
어떻게 어쩌란 말이냐? 그래도 묻는다면 딱 한 마디
'직민'* 뿐!!!
'직민' 외엔 착취 당해 말라 죽는 길!!!
'직민' 외엔 부자 위한 영속적 노예 길!!!
지금 여기~ 그 어느 누구도 서민 자신도
어떻게 어쩌란 말이냐 묻지 말고 온몸 온맘 온영혼으로
'직민' 길
뚜벅뚜벅 옹골옹골 똘똘 뭉쳐서
서민들이, 우리 서민들이 직접 걸어나가자
제3 시민혁명 우리나라 사는 길로~~~
쾌지나 칭칭나네~~~
칭칭나네 칭칭나네~~~ 쾌지나 쾌지나~~~
쾌지나 칭칭나네~~~
춤추며 신명나게 걸어나가자~~~
걷는 걸음걸음 무궁화꽃 무궁화꽃 뿌리오리니
사뿐히 즈려 밟고 걸어나가자~~~
사뿐히 즈려 밟고 자꾸자꾸 걸어나가자~~~~~
걷는 걸음걸음 낡은 길 무너지고 새길 참길 열리니~
얼씨구나~ 조오타~ 좋아 좋아 좋아 빈부 격차 없어

담배 끊고 살 수 있는 국가가
우리들의 엄마
사랑과 정의의 포근한 엄마
평화와 공생의 화목한 엄마
서민이 대통령 서민이 권력실체
'직민' ~! 아름다운 우리 국가
우리들의 엄마로 살아나시는데 이제
거저 줘도 안 빨아 담배여 안녕~
담배여 기뻐하며 잘 가시게 담배여 안녕~
조오타 좋아 좋아 좋아 얼씨구 저절로 담배여 안녕~
'직민' 의 국가 살맛나는 우리 국가 세우고 세우려
뚜벅뚜벅 옹골옹골 똘똘 뭉쳐서 힘차게 힘차게 걸어나가자
걷는 걸음걸음 진달래꽃 아름 따다 뿌리오리니
'직민' 참정치 굴뚝인간 졸업식
서민이 서민이 쿵쿵쿵 쿵쿵쿵 걸어나가자~~~

* '직민' : 직접민주주의의 준말

청공 김종석 문학전집 1

우리 그리 사는가 쾌지나칭칭나네

•

지은이 / 김종석
발행인 / 김영란
발행처 / 한누리미디어
디자인 / 지선숙

•

08303, 서울시 구로구 구로중앙로18길 40, 2층(구로동)
전화 / (02)379-4514, 379-4519
Fax / (02)379-4516
E-mail/hannury2003@hanmail.net

•

신고번호 / 제 25100-2016-000025호
신고년월일 / 2016. 4. 11
등록일 / 1993. 11. 4

•

초판발행일 / 2017년 7월 31일

•

•

값 16,000원

•

•

ISBN 978-89-7969-750-6 04810
ISBN 978-89-7969-749-0 (세트)